novum pro

Sophia Gabriel Hildesheimer-Kießling

Der lautlose Schrei

Aphorismen im Spiegel
transhumanistischer Zukunftsvisionen

novum  pro

Dieses Buch ist auch als
e-book
erhältlich.

www.novumverlag.com

Bibliografische Information
der Deutschen Nationalbibliothek:

Die Deutsche Nationalbibliothek
verzeichnet diese Publikation in
der Deutschen Nationalbibliografie.
Detaillierte bibliografische Daten
sind im Internet über
http://www.d-nb.de abrufbar.

© 2020 novum Verlag

ISBN 978-3-99064-668-7
Lektorat: Marie Schulz-Jungkenn
Umschlagfoto: Konrad Hildesheimer
Umschlaggestaltung, Layout & Satz:
novum Verlag
Innenabbildungen:
Konrad Hildesheimer

Gedruckt in der Europäischen Union
auf umweltfreundlichem, chlor- und
säurefrei gebleichtem Papier.

www.novumverlag.com

„Vernunft ist die Rose am Kreuz der Gegenwart"
Georg Wilhelm Friedrich Hegel, 1770–1831

Gewidmet ist dieses Büchlein jenem Menschen,
der gerade noch ist,
bevor er sich aus dem Leben
in eine unerreichbare Sphäre verabschiedet …

„Die Schizophrenie des Menschen
nimmt ihren Weg und mündet ins Nichts."
Paul Celan

„Noch feiert der Tod das Leben in dir.
Närrin in der Spirale der Eile
Jeder Schritt weiter entfernt von den kindlichen Uhren …"
Nelly Sachs

Vorwort

Es handelt sich um Impressionen aus dem Innern bei den folgenden Wortereignissen. Sie wurden geboren aus dem Nachklang des Gehörten – an einer Tagung zum Thema Transhumanismus..

Es entstand der Eindruck, daß der Mensch sich vom Menschen verabschiedet, insofern er bereit ist, sein Menschsein und alles, was ihn ausmacht, der sogenannten „künstlichen Intelligenz" zu opfern und sich selbst dann restlos aufzugeben, ‚den Stecker zu ziehen' und sich dann töten zu lassen oder sich selbst umzubringen. Die Erschütterung in der Seele und der innere Aufruf, zu diesem Geschehen in der Welt nicht schweigen zu können, gaben den Anlaß zu dieser Herausgabe.

Eine vorrangig eindrückliche Tatsache muß vorausgeschickt werden, um die Texte zu verstehen:
Es wurde an der Tagung mitgeteilt, daß den Visionisten des sogenannten Transhumanismus nicht mehr mit ethischen Vorstellungen beizukommen ist, sondern nur noch mit Logik argumentiert werden kann.

Was bleibt außer den Tränen über das menschliche Schicksal?
Nicht gemeint ist das Schicksal *eines* konkreten Menschen –
obwohl es uns nur, ja nur als einzelne angeht ... – wie denn sonst? –
gemeint ist jedoch das Schicksal des Menschen überhaupt.

„Ecce Homo – siehe, das ist der Mensch!"
Johannesevangelium 19,5b

Der geschundene, dornengekrönte Leib im Purpurmantel der
bewahrten Königswürde, da die Menschenwürde scheinbar her-
ausgepeitscht ward, steht schweigend vor dir. –
Was ist Würde?

Würde, Ethik – keine Worte mehr, die verstanden werden. Die menschlichen Begriffe sind jenseits der Grenze des Fassungsvermögens geraten. Die Worte der Vernunft, aus dem Herzen gerufen, verhallen im Nichts. Der Schrei ist endlos. –
Wer bleibt noch horchend in dieses Entsetzen?
An wen geht der Appell, dieser Morgenruf aus den letzten Sternennächten, deren Gesang wieder hörbar werden möge, nachdem so viel künstliches Blaulicht die Augen schmähte?

Manche jungen Menschen lassen aufhorchen; die Engel und Wesen, die sie schauen, sehe ich noch nicht. Wer sagt darum, daß
die Hoffnung zu Ende sei?

Eintauchend in die Welt der kindlichen Erinnerung, schaue ich den Apfelbaum im goldenen Septemberlicht unter seidenblauem Himmel und reinste Freude durchdringt mein Herz – ... ich verkoste sie stark, daß sie Kraft werde, geboren aus dem Aufprall an der unsichtbaren Mauer der unheimlichen Macht, die sich lautlos verbreitet ...

Was soll das?: Die Schlange hat doch die Wahrheit gesagt! –
Hat sie denn die ganze Wahrheit gesagt? Wißt ihr noch, was das Wort Ganzheit bedeutet, da ihr uns als ‚behinderte Biokonservative‘[1] bezeichnet, weil wir keine unverwundbaren Prothesen tragen? Wie schmeckt euer Gott-geworden-Sein?
Geschmacklos geworden ist die verheißene Zukunft.
Gilt auch hier: „Ach, Vater, vergib ihnen, denn sie wissen nicht, was sie tun", da sie versuchten, den Baum der Erkenntnis für sich zu erobern?
Lukasevangelium 23.34

---

1 Die Vertreter des sogenannten Transhumanismus betrachten die „normalen" Menschen als Vormenschen, als Zurückgebliebene, Behinderte – Bio-Konservative. Wer sich nicht seinen Körper durch unverletzbare Prothesen ersetzen läßt, ist – „behindert" in ihren Augen ...

„Wer Ohren hat, der höre …"
Apokalypse des Johannes 2.11

Was, wenn die künstlichen Organe, ja, das künstliche Scheinbewußtsein das Fassungsvermögen des **Herzens** nicht mehr hat?
Dies liegt ja in der Un-Natur der Sache! **Herz**, Seele, Geist gibt
es nicht mehr im neuen Lexikon.
Man hat aufgehört zu fragen nach dem Sinn. – Die Sinne sind
abgestürzt in einen unendlichen Abgrund – das ist kein Trick
mehr – das ist mehr!
Hört doch auf!

„liquid trust"

ein paar Tröpfchen nur … das Parfum, das den Chef betören möge,
daß er die Gehaltserhöhung gebe … das künstliche Gewässer ist zum
reißenden Fluß geworden, der trennt das Diesseits des Lebens vom
Jenseits des kalten Todes, wo kein VERTRAUEN mehr hilft …

Unsere schöne Welt, die Erde und alles, was darauf west und lebt,
winkt traurig hinüber jenen, die bereit sind, ihr Leben zu geben
für das Nicht-Sein, für das sie sich entschieden haben …
Solange es nicht zu spät ist, ihr Mütter, bergt eure großen Kinder
vor dem Abgrund. – Ach, die Freiheit ist das schwerste Los.
Wenn ihr Mütter selbst die Tränen verloren habt, was soll aus uns werden?

„Im blauen Norden der Windrose wachend zur Nacht,
schon eine Knospe Tod auf den Lidern
weiter zur Quelle …"
Nelly Sachs

Und wenn die Quelle nicht mehr gewußt wird?
Im Land des Vergessens ist ewiger Tod.
Ich rufe nicht mehr:
Seid gut, nicht böse!
Nur noch mit der Stimme, die bleibt:
Bleibt doch am Leben!

Wißt ihr denn nicht mehr, was Leben ist?
Den Baum des Lebens, so wird behauptet,
wollte der eifersüchtige Gott für sich behalten …
nach dem ersten Buch der Bibel Gen 2.17/3.3.

Wie können die Leute mit der höchsten Intelligenz nur so dumm
sein!
Was sie tun, geht
haarscharf am Leben vorbei!

„Zwischen Himmel und Hölle ist nur ein Haar." …
jüdisches Sprichwort

I am a rock, I am an island –
and a rock feels no pain
and an island never cries …[2])

---

2 aus einem Lied von Simon & Garfunkel – US-amerikanisches Folk-Rock-
Duo, das im Jahre 1957 von den Schülern Paul Simon und Art Garfunkel
gegründet wurde.

Es kann schon sein in dieser Welt und Zeit, daß du an Liebeskummer leidest, an Liebeskummer an der Welt … und keinen Schmerz mehr fühlen willst und kannst. Doch ich sage dir mit der letzten Stimme:

Wenn du keinen Schmerz mehr fühlst, hast du nicht unendliches Leben gewonnen – ich sage dir, du hast das Leben dann endgültig verloren.

Und ich bin unendlich, unendlich traurig, wenn du das nicht mehr verstehst.

Mein Kind, dann schreie ich um dich mit unsagbarem Schmerz!

„Freude, schöner Götterfunken,
Tochter aus Elysium,
Wir betreten feuertrunken,
Himmlische, dein Heiligtum.
Deine Zauber binden wieder,
Was die Mode streng geteilt,
Alle Menschen werden Brüder,
Wo dein sanfter Flügel weilt."
Friedrich Schiller

Wenn du mir sagst:
„Was sollen wir mit dem sentimentalen Gesäusel?",
dann hast du etwas verkannt – und nicht du bist Wissender, denn
wenn du die Freude nicht mehr kennst, weißt du nichts mehr.

Die Sprache verrät dich, mein Freund. Wenn wir alle nur noch nett miteinander sind, dann hat die eingespeicherte Dankbarkeit keinen Sinn, keinen Wert …

was tue ich, wenn du die Worte nicht mehr verstehst? Wenn du die Welt nicht mehr siehst …

Worte kommen aus der Mitte – wir Alten nennen das Herz …
Doch wenn es keines mehr gibt, wenn es kein Herz mehr gibt, was dann?

Und: Was denkst du eigentlich?

Ein Gedanke – ich bin sicher, ein wahrer Gedanke kommt auch aus dem Herzen, aus der Mitte. Kann ich mit dir noch reden darüber, was Wahrheit sein könnte? Laß es uns versuchen, bevor du den letzten Schritt tust.

Laß uns das Leben wieder leise lernen …

„Alles ist Windhauch."
Kohelet 1,2 – ein alttestamentliches Buch

Der alte Kohelet hatte auch schon beinahe aufgegeben.
Sie ist gar nicht so modern, diese Art Fluchttendenz.
Fliehen – wohin?
Wo ist überhaupt etwas und nicht vielmehr nichts?
Kannst du stoppen vor dem Abgrund des Wahnsinns?

„Der Schein trügt." – Diese „alten Kamellen".
Früher hat man die Alten geschätzt mit ihrer Weisheit und Lebenserfahrung.
Mit deinen Worten – übersetze mir:

> Was ist Schein?
>
> Was ist Weisheit?
>
> Was ist Erfahrung?
>
> Was ist – Leben?

Finden wir uns irgendwo?

Aus meiner Schatztruhe hole ich alles –
und du hinterfrägst all das nicht mehr.
Es ist nicht mehr vorhanden.
Aus meiner Schatztruhe hole ich
Worte der Sehnsucht.
Du siehst, kennst, hörst, weißt
nichts mehr.
Imitation ist es, was bleibt
und ein Eigenleben bekommt,
eine hohle Eigendynamik.
Du wirst an der Oberfläche, an der Peripherie kleben,
das sage ich dir voraus!
Mit wem rede ich noch?

Die Märchen und Mythen habt ihr umgedichtet – ganz schlau.
Weise ist das nicht, und die alte Weise kennt ihr nicht.
Auf welche Weise wollt ihr
weitermachen?

Ich mahne nicht,
ich schimpfe nicht –
ich rufe nur
in die lautlose Wüste.
Wo niemand mehr ist.
Bevor du das Messer dir an die Brust setzt,
hörst vielleicht noch meinen verzweifelten Ruf:
Die Kostbarkeit deines Wesens
wiegen Trillionen nicht auf.
Es ist hinausgeschmissenes Geld –
es verflattert in der Wüste …

Glaub mir, ich weiß es besser – oder sagen wir
– ich weiß es noch anders, als dein Allwissen zu sein scheint.
Deine Intelligenz ist keinen Batzen wert,
keinen Batzen ist sie wert –
von wegen Trillionen von Dollar, die dafür aufgewendet werden!
Das Leben rechnet sich nicht auf diese Weise.
Es ist weg. Weggeblasen wie Blätter – wie Scheine – im Wind,
alles wird Schein, hohler, wertloser Schein.

Buchstäblich wertlos.
Wenn es keine menschlichen Werte mehr gibt,
dann habt ihr gewählt – dann war's das.
Die Evolution ging euch zu langsam.
Ihr merkt nicht, mit welch rasendem Tempo ihr euch umbringt
– um's Leben bringt …
Das hat mit Moral wirklich nichts mehr zu tun.
Das seh' ich ein.

Einsicht –
Weitsicht –
Umsicht –
Rücksicht –
Vorsicht –
VORSICHT – HOCHSPANNUNG – LEBENSGEFAHR!

Spannender geht's nicht mehr.
Komm mal runter und
horche den leisen Pulsschlag der Erde und spüre ihren Atem …

Wir, die Diesseitigen, „Bio-Konservativen, die Behinderten"
sind gefragt.
Warum haben wir die Erde, diesen Planeten so verkommen lassen?
Er sollte zum Leuchten kommen im Kosmos –
als ein edler Stern – und das wird vielleicht auch einmal sein …
Doch jetzt stinkt und schreit es zum Himmel.
Eigentlich verstehe ich alle, die sich hier aus dem Staub machen
wollen.
Ist es schon restlos zu spät?

Ihr, die ihr ewig leben wollt, könnt ihr mir die Zeit erklären?

Hat man da noch Worte?
„Im Anfang war das Wort …" (Johannesevangelium 1,1)
es mündet in das Leben – nicht das künstliche, das echte.
Wer weiß, was ich damit meine, findet zurück, durch das Nadelöhr.
Du hast gut gehört: Es handelt sich um das echte Leben.
Doch wie leicht geschieht Mißbrauch mit dem Wort „Leben".

Ich bin kein Missionar. Nur eine Stimme. Vielleicht die letzte Stimme?

Du mußt mir nicht glauben. Doch es wäre besser, wenn du meine Worte ernst nimmst. Er klingt rechthaberisch, mein Ton. Doch das ist nicht meine Absicht.

Die Freiheit ist unser schwerstes Los,
unser schwerstes Los …

Noch kein einziges Wort habe ich über die Liebe gesagt.
Aber sie ist alles.
Wer versteht denn davon etwas?
Wir sind alles hilflose Anfänger – bis auf einzelne Ausnahmen.
Doch versuchen sollten wir's noch.
Es scheint, daß wir nicht mehr viel Zeit haben, um es zu lernen.
Aber, wer weiß, kommen sie uns entgegen – die Zeit
und die Liebe.
Wer weiß, kommen sie uns entgegen?

Die „Initiative 2045"[3] „ins Leben gerufen" …

Wer hört diesen „Ruf" von denen, die noch am Leben sind?

Und – jemand wurde gefragt:
„Wo ist dann das ICH?"
Schweigen.

---

3 Von Dimitry Itskov ins Leben gerufen. 2045 wird die Sterblichkeit des Menschen ein Ende haben. Sein individuelles Bewußtsein wird in künstlichen Ge-
   hirnen weiter existieren, so die Zukunftsvision des Dimitry Itskov.

„There is no I."
„Und" – wurde er gefragt:
„Wer sagt das?"
Schweigen.
Dann:
„Here you got me. – But – there is a trick!"

Diese Episode zeigt, wie nah am restlos Verständnislosen sich das
Ganze bewegt. Das ist der Beweis:
In der Mitte wird nichts mehr als ein „Trick" – erwartet.
Die Mitte der Gestalt dieses Gebildes, das vollständig aus künst-
licher Intelligenz aufgebau(sch)t ist, ist hohl und leer …

Außenwelt-Oasen:
    Ein Apfelbaum
    Ein Schlehenzweig
    Eine Birne
    Schäfchenwolken am glühenden Abendhimmel
    Das zarte Lila eines verwelkenden Grases

Innenwelt – Weiten …

Kannst du die Freude ermessen, die sehende Augen erschließen?

Nochmals frage ich dich: Weißt du, was Freude ist?
Die Lebensessenz, die letzten Tropfen jener Sinn-Tinktur – kennst
du sie noch?
Umschreibe sie mit deinen Bildern. Ich kann es nicht für dich tun.
Deine Freude ist anders als meine, doch hoffentlich sind wir bei-
de reich an diesem Schatz.
Wenn du arm bist –, wenn du sie suchen mußt –
suche, suche – suche!
Werde reich – wieder.

Ja, laß uns das Leben leise lernen –
leise, leise, leise – und langsam.
Die Zukunft kommt dir entgegen –
in jedem leuchtenden Blatt, das den Sommer getrunken hat,
enthüllt sich eine Welt.
Das Nichts ist nicht genug.
Das All erwartet dich in einem einzigen leuchtenden Blatt,
das den Sommer getrunken hat.
Und wenn man so anfängt,
wer kann dann noch sagen, er sei nicht reich?
Die Schätze im Herzen sind unendlich.

Lassen wir die primitive Welt fahren – die künstliche –
es handelt sich um den größten Irrtum aller Zeiten.
Es ist keine Welt – die Dummheit der künstlichen Intelligenz
wird durch nichts übertroffen.
Eine einzige Blase – nichts wert.
All die Trillionen Dollar – nichts wert – nichts.
Einfach nichts.
Soll mir einer kommen und das Leben nachmachen wollen:
Pech wird er haben –
das klebt an der Oberfläche –
da ist nichts dahinter –
man kommt nicht durch –
es gibt keinen inneren Kern:
Das liegt in der Un-Natur der Sache.

Weißt du noch etwas?
Du hast den Schlüssel zum Denken verloren vor lauter Gescheitheit?
Ja, was machen wir denn da?
Wer noch kann, schwimme gegen den Strom.
Die toten Fische schwimmen mit ihm – in der großen Masse.
Es ist perfide,
daß es nicht stinkt in all dem Moder des Unlebendigen. –
Doch auch das ist logisch. Plastik stinkt auch nicht …
Das ist das Verführerische, so daß es kaum einer merkt.
Weder schlafen noch träumen noch sich bewegen in Trance –
es ist noch schlimmer: Bei hellem Wach-Sein nicht mehr merken,
daß es sich um das Gegenteil von Wach-Sein handelt.
Unbeschreiblich, aber kalt –
blau-kalt, blaulicht-kalt.
Das Wort „empfindungslos" – unbekannt geworden.
Wovon reden sie …?

Ist da noch ein Gänseblümchen,
eine Schnecke, ein Stein zum Anfassen?
Hast du die Sonne noch über dir? Weißt du noch, daß es sie gibt
– und den Mond?
Ich sage dir: Die Sterne singen – unhörbar für das äußere Ohr.
Der Klangraum ist in deinem Herzen. Der Klang jenseits der Stille.

Ein Baum, ein Haus, ein Trottoir.

Wir müssen von vorn anfangen –
ich versuch's noch mal, weil aufgeben hat keinen Sinn, meine ich.

Also – ein Trottoir – ist ein Streifen an der Seite der Straße, auf der jedermann gehen kann, ohne daß ein Auto darauf fahren sollte.

Also – jedermann kann da gehen. So liegt darin die Möglichkeit, daß dir jemand entgegenkommt. Man muß nicht grüßen – das macht man kaum noch so, wenn man jemanden nicht kennt. Aber niemand verbietet es dir, doch zu grüßen. Wenn du Glück hast, bekommst du eine Antwort – und da hat ein kleines Experiment Mensch und Mensch stattgefunden.

Menschen? Das sind die Spezies, die so ähnlich aussehen wie du. Und keiner ist gleich. Und wenn du Glück hast, gehst du und das Gegenüber geht nicht auf in Eigendynamik – denn da liegt ein Potential in den Spezies Mensch: unendliche Phantasie – laß dir was einfallen.

Und laß es dir nicht nehmen – dein Leben als Mißbrauch für eine leblose Kopie. Laß dir das bloß nicht einfallen!

Warum ich das sage? – Ach, nur so.

Wir sind ja freie Menschen …

Da ist zum Kuckuck noch mal etwas in Bewegung gekommen, das geht gehörig schief! Meine Güte, wie ist das mit den Bewertungen? Warum erlaube ich mir so was? –

Man kann doch nicht tatenlos zuschauen bei dem Desaster, das sich da anbahnt … Es wird gehörig eng von allen Seiten – die Luft wird dünner, ein Vakuum entsteht …

und immer noch soll ich den Mund halten, da niemand sich für mein Urteil interessiert, für den Schluß, den ich aus meinen Beobachtungen ziehe.

– Ist es vermessen, daß ich rede? Oder spielt es keine Rolle mehr?

– Nein, es spielt keine Rolle mehr?!! –

Ein einziges Theater! – Ja, zum Kuckuck, wo geraten wir da hin? Wo führt das hin? Wenn man nicht weiß, wo man hin will, muß man sich nicht wundern, wenn man woanders herauskommt …

Wer bist du, du Schlaumeier? Kannst du dir noch auf den Zahn fühlen? Oder bestehst du schon aus lauter leblosen Einzelteilen? Falls noch ein klein wenig übrig ist von deinem Original, kannst du mal probieren, dich zu erinnern, daß dieser letzte Rest das Kostbarste sein wird, das es auf der Welt gibt.

Ja, du hast richtig gehört –: Das Kostbarste, das es auf der ganzen Welt gibt!

Und es nimmt keinem eine Perle aus der Krone – denn auf den Vergleich kommt es überhaupt nicht an – es passiert gar nichts, wenn das für jeden so ist und es jedem gesagt wird. Doch, es passiert ganz viel: Das wirkliche Leben wäre zurückgewonnen!

Falls du bemerkt haben solltest, daß du dich im freien Fall befindest, wenn du dich restlos in Künstlichkeit überführst – da gibt es nichts, das hält, aufhält …

Also – ich klaue jetzt einen schlauen Spruch, der inzwischen bei mir an der Wand hängt, der jedem normalen Menschen guttut, dessen Autor mir jedoch unbekannt ist:

Mein Bemühen, mit unbekannten Freunden – nämlich Menschen, Erdenbewohnern, Weltbürgern usw. – ins Gespräch zu kommen, mit den Mitbewohnern dieses Planeten menschlicher Gattung – ist ein Versuch. Und ich hoffe, es ist der Versuch noch wert. Ob und wen ich noch erreiche – man wird sehen. Solange man noch sehen kann … Aber darauf kommt es mir nicht an – ich tu's halt. Weil ich irgendwie das Gefühl habe, daß ich das muß. So ein inneres Muß ist das. Wie ein Kunstwerk entsteht, im Werden – Worte reihen sich an Worte, aus Gedanken geboren – in einem Prozeß, dessen Verlauf ich erkenne, indem ich es tue. Ich bin einfach so. Wenigstens bin ich.

Bist du auch? – Ohne zu fragen, wer? Bist du? Einfach so? – Vielleicht kommt es nur noch darauf an.

Und, wenn du bist und ich bin, dann ist auch der Baum, der Vogel, das Haus, der Stein, der Stern – das Feuer, das Wasser, die Luft, die Erde …

So entsteht alles wieder neu – ganz leise, leise, leise … und beginnt zu singen.

Vielleicht hat alles einen eigenen Klang –, wenn man lange genug lauscht –

lange genug …

Der Schein trügt, heißt ein bereits genanntes Sprichwort – ein altes.

Wir könnten ja versuchen, dieses Trugbild Schein zurückzuverkehren, bis wir auf das Echte im Innern stoßen – bis wir dort angelangt sind, wo alles wieder ist. Ganz einfach.

So ein Blödsinn! Menschenskind, hat man da noch Worte!

Ein transhumanistisches Ungebilde – ein Luftballon für Zig-Trillionen-Stutz!

Ja, das ist nicht zu fassen, das ist buchstäblich nicht mehr zu fassen …!

Die ganze Welt fällt auf diesen Blödsinn herein. Fällt mir gar nicht ein, hier noch jemanden zu schonen. Ich sage, was ich will. Wenn's sonst keiner tut.

Und wenn doch, um so besser. Auf die Straße sollte man – eine Demonstration starten; merkt's denn noch keiner?! Da muß man doch protestieren! Alle rennen hinterher – und … wissen nicht, was sie tun – was sie mit diesem künstlichen Desaster anrichten! Herrschaft noch mal! – Aber eben, alte Autoritäten haben ausgedient. Es wirbelt uns gehörig um die Ohren, das ganze Elend – und zwar mit potentieller Beschleunigung. Wir merken den Schwindel gar nicht mehr, haben uns lautlos daran gewöhnt.

Das ist doch zum Davonrennen!

Wohin? …

Jetzt denken üben.

Richtig denken üben. – Nicht spintisieren.

Es bestimmt uns niemand von außen.

Die Menschheit bekommt, was sie verdient.

Und wenn sie diesen Wahnsinn verdient, dann wird es seine …

Un-Richtigkeit haben …

Transhumanismus ist unrichtig.

Virtuos und virtuell gilt es noch zu unterscheiden.

Gegen Virtuosität wäre nichts einzuwenden.

Doch wer wird hier gefragt?

Du – bist gefragt!

Ich –? Ja, ich.

Endlosschleife …

Da beißt sich die Maus in den Schwanz –
so ein Tanz, Firlefanz –
was hat die Katze davon? Rennt sie schon?
So ein Mäuschen im Ringelreihen, ei – wie fein.
Das kann der Katze doch einerlei sein!
Da muß sie ja gar nicht mehr hinterher
– das Mäuschen hat's mit sich selbst schon so schwer!
Was soll das Ganze also noch?
Nirgends gibt's ein Mauseloch …

Übersetzungsversuch zu dem Begriff Transhumanismus:
Drum herum – eine Farce –
in der Mitte? – Nichts.

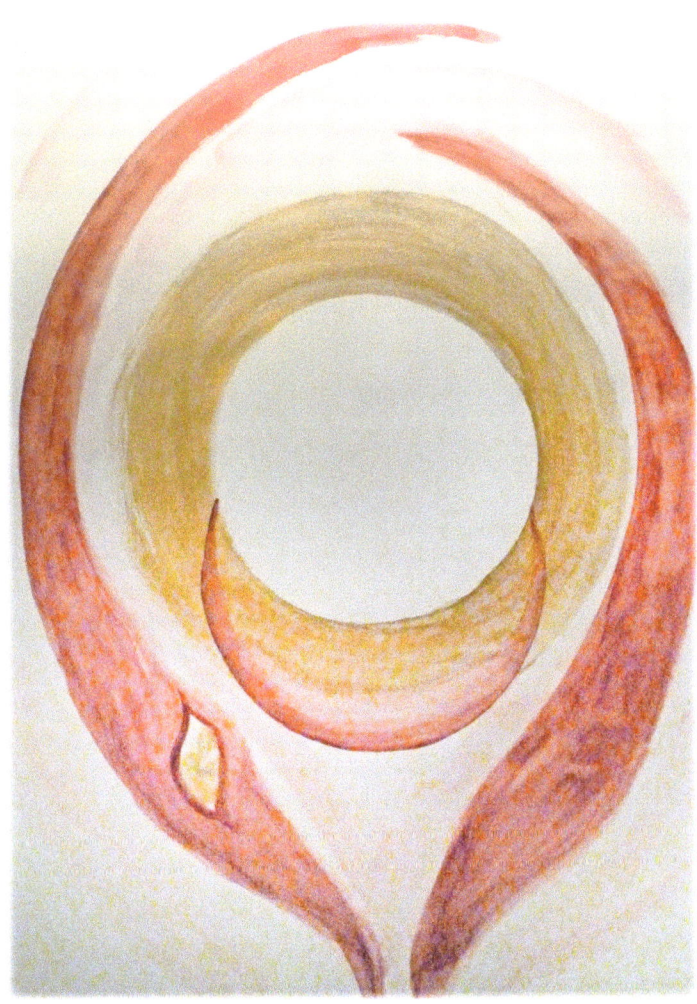

Nichts. Nichts bleibt übrig. Alles atomatisiert, analysiert, theoretisiert, maschinisiert, digitalisiert, automatisiert,
auseinandergenommen und restlos ausgehöhlt, zur Hülle verkommen, ohne Erkennungsmerkmal: „Mensch".
Es ist unwesentlich geworden,
das Menschliche,
es hat sein Unwesen getrieben und ist zum Unwesen geworden.
In den Märchen, die wahrer sind als jeder noch so faszinierende neueste Forschungsbericht, würde man klar erkennen, „wer"
dahintersteckt:
Da taucht einer auf mit einem Pferdefuß und will für Geld und
Gold die Seele kaufen …

Und noch ärger – das Rumpelstilzchen im Märchen sagt ohne Umschweife:

„Etwas Lebendiges ist mir viel lieber als alle Schätze der Welt!"
Ja, das Lebendige soll zum Opfer fallen, aber Gold wird dafür gesponnen in unendlichen Mengen … Die da das Unwesen treiben, wollen das Lebendige haben und bieten dafür leeres Stroh in scheinbar verwandeltes Gold –

„fake"! – sage ich dazu – es ist nicht echt! Wäre es noch möglich zu durchschauen, mit wem oder was wir es da zu tun haben?

Wenn man bedenkt, daß man sich dadurch zukünftiges Leben verbaut, wenn der Rückzug aus Erde und Welt geschieht …
Wer Reinkarnation für möglich hält, horche auf!
Wer sich hier dem wirklichen Leben auf der Erde entzieht und in eine Scheinwelt flüchtet, kann sich ein anderes Mal nicht zurechtfinden …
ja, nicht einmal einen gesunden Leib bilden, denn er „weiß" nicht mehr, wie das geht …

Blume, Erde, Stein und Meer – nochmals zum Mitschreiben:
Die Wunder des Lebens sind hier! – Nicht in der kaltblauen
Sphäre, aus der das Unwesen kommen wird – und schon da ist.
Erde, Luft und Wasser und Feuer – elementar ist das Leben oder
es wird nicht mehr sein.

Kräfte sind am Werk. Immer. Es kommt nur auf die Absicht an, sie zu nutzen. Selbstischer Zweck – egoistischer – führt in die endlose Sackgasse.

Das scheinbar unendliche künstliche „Leben" ist eine endlose Sackgasse. Ganz klar. Wer sieht noch klar?

Unsere Augen sind Fenster der Seele. Wo bleibt die Seele in einem künstlichen Gehäuse?
Beseeltes Leben ist unendlich kostbar. Das Gemüt, wo bleibt das Gemüt im Ganzen?

Es braucht scheinbar Mut, am Leben zu bleiben.

Das Gemüt, der warme Willensimpuls ist es, um den Sinn zu erhalten, den Sinn des Lebens – und zu erkennen, daß es schön ist! Mit den lebendigen Sinnen wahrnehmbar.
Ein warmes Gemüt, ein herzenswarmes Gemüt zu bewahren, darauf kommt es nur noch an, auf nichts anderes mehr.
Dann sehen und erleben wir alles. Und das hat Dauer.

Dauer – ist dies ein Wort, das in seiner Bedeutung noch erkannt wird?
Dauer – ist die Grenze zwischen Zeit und Ewigkeit: das dauert …
Dahinein gewoben, in diese Sphäre eingewoben sind wir; ist der Mensch.
Das ist seine Wahrheit. Die Wahrheit, die innere, gilt es zu finden, wiederzuerkennen mit elementarer Kraft. Das Wesen Mensch gilt es neu, völlig neu zu erkennen mit elementarer Gewalt – von innen her.
Was ist der Mensch?!

Elementare Gewalten – wirksame Kräfte rauben uns das Bewußtsein, wenn wir nicht wach sind, richten sie sich gegen uns und
binden jedoch letztlich sich selbst; verbannt sind die elementaren
Wesen in künstliche Gebilde – Maschinen und noch mehr – und
wir Menschen tragen dafür die Verantwortung …
Die radikalste Verzerrung ist das transhumanistische Ungeheuer, das keinen Geistfunken mehr in sich hat!
Elementare Kräfte sind am Werk und treiben mit dem Menschen,
der sich ihnen bewußtlos opfert, das größte Unwesen, seit Menschengedenken …

Seit Menschengedenken. Es bewahre sich der Mensch seine Fähigkeit zu denken. Er ist damit verbunden mit allem, was ist: Erde und Himmel sind auf diese Weise verbunden – und fühlen darf man dieses Geheimnis mit großer Freude – und wollen darf man das Leben mit ganzer Kraft und Liebe, derer wir fähig sind, auf Dauer.

Warum faszinieren uns Märchen-Zaubergestalten so?

Weil wir tief in uns ahnen, wie sie die elementaren Kräfte beherrschen.

Sie „wissen" noch. Hinein gebannt sind Kräfte – sie wollen und sollen erlöst werden. Der Bann will gelöst sein. – Dafür gilt es Prüfungen zu durchstehen. Nicht mehr „wissend" – oder feige sein und keinen Mut haben und durch sich versagende Erfahrung auch nicht „sehend" werden, gerät der Blinde und Faule mehr und mehr in die Gewalt dieser Kräfte. So ist es.

Wer den Zauberstab beherrscht, verfällt nicht den Kräften, die sonst über ihn Macht haben. Wer sich selbst beherrscht …

UND JETZT KÖNNTE MAN DAS BÜCHLEIN VON HIER AUS WIEDER RÜCKWÄRTS LESEN BIS ZUM ANFANG …

Warum faszinieren uns Märchen-Zaubergestalten so?

Weil wir tief in uns ahnen, wie sie die elementaren Kräfte beherrschen. Sie „wissen" noch. Hinein gebannt sind Kräfte – sie wollen und sollen erlöst werden. Der Bann will gelöst sein. – Dafür gilt es Prüfungen zu durchstehen. Nicht mehr „wissend" – oder feige sein und keinen Mut haben und durch sich versagende Erfahrung auch nicht „sehend" werden, gerät der Blinde und Faule mehr und mehr in die Gewalt dieser Kräfte. So ist es.

Wer den Zauberstab beherrscht, verfällt nicht den Kräften, die sonst über ihn Macht haben. Wer sich selbst beherrscht …

Seit Menschengedenken. Es bewahre sich der Mensch seine Fähigkeit zu denken. Er ist damit verbunden mit allem, was ist: Erde und Himmel sind auf diese Weise verbunden – und fühlen darf man dieses Geheimnis mit großer Freude – und wollen darf man das Leben mit ganzer Kraft und Liebe, derer wir fähig sind, auf Dauer.

Elementare Gewalten – wirksame Kräfte rauben uns das Bewußtsein, wenn wir nicht wach sind, richten sie sich gegen uns und binden jedoch letztlich sich selbst; verbannt sind die elementaren Wesen in künstliche Gebilde – Maschinen und noch mehr – und wir Menschen tragen dafür die Verantwortung …
Die radikalste Verzerrung ist das transhumanistische Ungeheuer, das keinen Geistfunken mehr in sich hat!
Elementare Kräfte sind am Werk und treiben mit dem Menschen, der sich ihnen bewußtlos opfert, das größte Unwesen, seit Menschengedenken …

Dauer – ist dies ein Wort, das in seiner Bedeutung noch erkannt wird?
Dauer – ist die Grenze zwischen Zeit und Ewigkeit: das dauert …
Dahinein gewoben, in diese Sphäre eingewoben sind wir; ist der Mensch.
Das ist seine Wahrheit. Die Wahrheit, die innere, gilt es zu finden, wiederzuerkennen mit elementarer Kraft. Das Wesen Mensch gilt es neu, völlig neu zu erkennen mit elementarer Gewalt – von innen her.
Was ist der Mensch?!

Es braucht scheinbar Mut, am Leben zu bleiben.

Das Gemüt, der warme Willensimpuls ist es, um den Sinn zu erhalten, den Sinn des Lebens – und zu erkennen, daß es schön ist! Mit den lebendigen Sinnen wahrnehmbar.
Ein warmes Gemüt, ein herzenswarmes Gemüt zu bewahren, darauf kommt es nur noch an, auf nichts anderes mehr.
Dann sehen und erleben wir alles. Und das hat Dauer.

Unsere Augen sind Fenster der Seele. Wo bleibt die Seele in einem künstlichen Gehäuse?

Beseeltes Leben ist unendlich kostbar. Das Gemüt, wo bleibt das Gemüt im Ganzen?

Kräfte sind am Werk. Immer.

Es kommt nur auf die Absicht an, sie zu nutzen. Selbstischer Zweck – egoistischer – führt in die endlose Sackgasse.
Das scheinbar unendliche künstliche „Leben" ist eine endlose Sackgasse. Ganz klar. Wer sieht noch klar?

Blume, Erde, Stein und Meer – nochmals zum Mitschreiben:
Die Wunder des Lebens sind hier! – Nicht in der kaltblauen
Sphäre, aus der das Unwesen kommen wird – und schon da ist.
Erde, Luft und Wasser und Feuer – elementar ist das Leben oder
es wird nicht mehr sein.

Wenn man bedenkt, daß man sich dadurch zukünftiges Leben verbaut, wenn der Rückzug aus Erde und Welt geschieht …

Wer Reinkarnation für möglich hält, horche auf!

Wer sich hier dem wirklichen Leben auf der Erde entzieht und in eine Scheinwelt flüchtet, kann sich ein anderes Mal nicht zurechtfinden …

ja, nicht einmal einen gesunden Leib bilden, denn er „weiß" nicht mehr, wie das geht.

Und noch ärger – das Rumpelstilzchen im Märchen sagt ohne Umschweife:

„Etwas Lebendiges ist mir viel lieber als alle Schätze der Welt!"

Ja, das Lebendige soll zum Opfer fallen, aber Gold wird dafür gesponnen in unendlichen Mengen … Die da das Unwesen treiben, wollen das Lebendige haben und bieten dafür leeres Stroh in scheinbar verwandeltes Gold –

„fake"! – sage ich dazu – es ist nicht echt! Wäre es noch möglich zu durchschauen, mit wem oder was wir es da zu tun haben?

Nichts. Nichts bleibt übrig. Alles atomatisiert, analysiert, theoretisiert, maschinisiert, digitalisiert, automatisiert, auseinandergenommen und restlos ausgehöhlt, zur Hülle verkommen, ohne Erkennungsmerkmal: „Mensch".
Es ist unwesentlich geworden,
das Menschliche,
es hat sein Unwesen getrieben und ist zum Unwesen geworden.
In den Märchen, die wahrer sind als jeder noch so faszinierende neueste Forschungsbericht, würde man klar erkennen, „wer" dahintersteckt:
Da taucht einer auf mit einem Pferdefuß und will für Geld und Gold die Seele kaufen …

Übersetzungsversuch zu dem Begriff Transhumanismus:
          Drum herum – eine Farce –
                  in der Mitte? – Nichts.

Endlosschleife …

Da beißt sich die Maus in den Schwanz –
so ein Tanz, Firlefanz –
was hat die Katze davon? Rennt sie schon?
So ein Mäuschen im Ringelreihen, ei – wie fein.
Das kann der Katze doch einerlei sein!
Da muß sie ja gar nicht mehr hinterher
– das Mäuschen hat's mit sich selbst schon so schwer!
Was soll das Ganze also noch?
Nirgends gibt's ein Mauseloch …

Jetzt denken üben.
Richtig denken üben. – Nicht spintisieren.
Es bestimmt uns niemand von außen.
Die Menschheit bekommt, was sie verdient.
Und wenn sie diesen Wahnsinn verdient, dann wird es seine …
Un-Richtigkeit haben …
Transhumanismus ist unrichtig.
Virtuos und virtuell gilt es noch zu unterscheiden.
Gegen Virtuosität wäre nichts einzuwenden.
Doch wer wird hier gefragt?
Du – bist gefragt!
Ich –? Ja, ich.

So ein Blödsinn! Menschenskind, hat man da noch Worte!
Ein transhumanistisches Ungebilde – ein Luftballon für Zig-Trillionen-Stutz!
Ja, das ist nicht zu fassen, das ist buchstäblich nicht mehr zu fassen …!
Die ganze Welt fällt auf diesen Blödsinn herein. Fällt mir gar nicht ein, hier noch jemanden zu schonen. Ich sage, was ich will. Wenn's sonst keiner tut.
Und wenn doch, um so besser. Auf die Straße sollte man – eine Demonstration starten; merkt's denn noch keiner?! Da muß man doch protestieren! Alle rennen hinterher – und … wissen nicht, was sie tun – was sie mit diesem künstlichen Desaster anrichten! Herrschaft noch mal! – Aber eben, alte Autoritäten haben ausgedient.
Es wirbelt uns gehörig um die Ohren, das ganze Elend – und zwar mit potentieller Beschleunigung. Wir merken den Schwindel gar nicht mehr, haben uns lautlos daran gewöhnt.
Das ist doch zum Davonrennen!
Wohin? …

Und, wenn du bist und ich bin, dann ist auch der Baum, das Haus, der Stein, der Stern – das Feuer, das Wasser, die Luft, die Erde …

So entsteht alles wieder neu – ganz leise, leise, leise … und beginnt zu singen.
Vielleicht hat alles einen eigenen Klang, wenn man lange genug lauscht –
lange genug …
Der Schein trügt, heißt ein bereits genanntes Sprichwort – ein altes.
Wir könnten ja versuchen, dieses Trugbild Schein zurückzuverkehren, bis wir auf das Echte im Innern stoßen – bis wir dort angelangt sind, wo alles wieder ist. Ganz einfach.

Mein Bemühen, mit unbekannten Freunden – nämlich Menschen, Erdenbewohnern, Weltbürgern usw. – ins Gespräch zu kommen, mit den Mitbewohnern dieses Planeten menschlicher Gattung – ist ein Versuch. Und ich hoffe, es ist der Versuch noch wert. Ob und wen ich noch erreiche – man wird sehen. Solange man noch sehen kann … Aber darauf kommt es mir nicht an – ich tu's halt. Weil ich irgendwie das Gefühl habe, daß ich das muß. So ein inneres Muß ist das. Wie ein Kunstwerk entsteht, im Werden – Worte reihen sich an Worte, aus Gedanken geboren – in einem Prozeß, dessen Verlauf ich erkenne, indem ich es tue. Ich bin einfach so. Wenigstens bin ich.

Bist du auch? – Ohne zu fragen, wer? Bist du? Einfach so?   Vielleicht kommt es nur noch darauf an.

Wer bist du, du Schlaumeier? Kannst du dir noch auf den Zahn fühlen? Oder bestehst du schon aus lauter leblosen Einzelteilen? Falls noch ein klein wenig übrig ist von deinem Original, kannst du mal probieren, dich zu erinnern, daß dieser letzte Rest das Kostbarste sein wird, das es auf der Welt gibt.

Ja, du hast richtig gehört: Das Kostbarste, das es auf der ganzen Welt gibt!

Und es nimmt keinem eine Perle aus der Krone – denn auf den Vergleich kommt es überhaupt nicht an – es passiert gar nichts, wenn das für jeden so ist und es jedem gesagt wird. Doch, es passiert ganz viel: Das wirkliche Leben wäre zurückgewonnen! Falls du bemerkt haben solltest, daß du dich im freien Fall befindest, wenn du dich restlos in Künstlichkeit überführst – da gibt es nichts, das hält, aufhält …

Also – ich klaue jetzt einen schlauen Spruch, der inzwischen bei mir an der Wand hängt, der jedem normalen Menschen guttut, dessen Autor mir jedoch unbekannt ist:

„Hinfallen
Aufstehen
Krone richten
weitergehen."

Da ist zum Kuckuck noch mal etwas in Bewegung gekommen, das geht gehörig schief! Meine Güte, wie ist das mit den Bewertungen? Warum erlaube ich mir so was? –

Man kann doch nicht tatenlos zuschauen bei dem Desaster, das sich da anbahnt … Es wird gehörig eng von allen Seiten – die Luft wird dünner, ein Vakuum entsteht …

und immer noch soll ich den Mund halten, da niemand sich für mein Urteil interessiert, für den Schluss, den ich aus meinen Beobachtungen ziehe.

– Ist es vermessen, daß ich rede? Oder spielt es keine Rolle mehr?

– Nein, es spielt keine Rolle mehr?!! –

Ein einziges Theater! – Ja, zum Kuckuck, wo geraten wir da hin? Wo führt das hin? Wenn man nicht weiß, wo man hin will, muß man sich nicht wundern, wenn man woanders herauskommt.

Ein Baum, ein Haus, ein Trottoir.
Wir müssen von vorn anfangen –

ich versuch's noch mal, weil aufgeben hat keinen Sinn, meine ich.
Also – ein Trottoir – ist ein Streifen an der Seite der Straße, auf der jedermann gehen kann, ohne daß ein Auto darauf fahren sollte.
Also – jedermann kann da gehen. So liegt darin die Möglichkeit, daß dir jemand entgegenkommt. Man muß nicht grüßen – das macht man kaum noch so, wenn man jemanden nicht kennt. Aber niemand verbietet es dir, doch zu grüßen. Wenn du Glück hast, bekommst du eine Antwort – und da
hat ein kleines Experiment Mensch und Mensch stattgefunden.
Menschen? Das sind die Spezies, die so ähnlich aussehen wie du. Und keiner ist gleich. Und wenn du Glück hast, gehst du und das Gegenüber geht nicht auf in Eigendynamik – denn da liegt ein Potential in den Spezies Mensch:
unendliche Phantasie – laß dir was einfallen.
Und laß es dir nicht nehmen – dein Leben als Mißbrauch für eine leblose Kopie. Laß dir das bloß nicht einfallen!
Warum ich das sage? – Ach, nur so.
Wir sind ja freie Menschen …

Ist da noch ein Gänseblümchen, eine Schnecke, ein Stein zum Anfassen?
Hast du die Sonne noch über dir? Weißt du noch, daß es sie gibt – und den Mond?
Ich sage dir: Die Sterne singen – unhörbar für das äußere Ohr.
Der Klangraum ist in deinem Herzen. Der Klang jenseits der Stille.

Weder schlafen noch träumen noch sich bewegen in Trance – es ist noch schlimmer: Bei hellem Wach-Sein nicht mehr merken, daß es sich um das Gegenteil von Wach-Sein handelt.
Unbeschreiblich, aber kalt –
blau-kalt, blaulicht-kalt.
Das Wort „empfindungslos" – unbekannt geworden.
Wovon reden sie …?

Weißt du noch etwas?
Du hast den Schlüssel zum Denken verloren vor lauter Gescheitheit?
Ja, was machen wir denn da?
Wer noch kann, schwimme gegen den Strom.
Die toten Fische schwimmen mit ihm – in der großen Masse.
Es ist perfide, daß es nicht stinkt in all dem Moder des Unlebendigen. –
Doch auch das ist logisch. Plastik stinkt auch nicht …
Das ist das Verführerische, so daß es kaum einer merkt.

Lassen wir die primitive Welt fahren –
die künstliche –
es handelt sich um den größten Irrtum aller Zeiten. Es ist keine Welt! Die Dummheit der künstlichen Intelligenz wird durch nichts übertroffen.
Eine einzige Blase – nichts wert.
All die Trillionen Dollar – nichts wert – nichts.
Einfach nichts.
Soll mir einer kommen und das Leben nachmachen wollen:
Pech wird er haben –
das klebt an der Oberfläche –
da ist nichts dahinter – man kommt nicht durch – es gibt keinen inneren Kern: Das liegt in der Un-Natur der Sache.

Ja, laßt uns das Leben leise lernen –
leise, leise, leise – und
langsam.
Die Zukunft kommt dir entgegen
in jedem leuchtenden Blatt, das den Sommer getrunken hat,
enthüllt sich eine Welt.
Das Nichts ist nicht genug.
Das All erwartet dich in einem einzigen leuchtenden Blatt,
das den Sommer getrunken hat.
Und wenn man so anfängt,
wer kann dann noch sagen, er sei nicht reich?
Die Schätze im Herzen sind unendlich.

Nochmals frage ich dich: Weißt du, was Freude ist?
Die Lebensessenz, die letzten Tropfen jener Sinn-Tinktur – kennst
du sie noch?
Umschreibe sie mit deinen Bildern. Ich kann es nicht für dich tun.
Deine Freude ist anders als meine, doch hoffentlich sind wir beide reich an diesem Schatz.
Wenn du arm bist –, wenn du sie suchen mußt –
suche, suche – suche!
Werde reich – wieder.

Außenwelt-Oasen:
    Ein Apfelbaum
    Ein Schlehenzweig
    Eine Birne
    Schäfchenwolken am glühenden Abendhimmel

Das zarte Lila eines verwelkenden Grases

Innenwelt – Weiten …

Kannst du die Freude ermessen, die sehende Augen erschließen?

Die „Initiative 2045" „ins Leben gerufen" …
Wer hört diesen „Ruf" von denen, die noch am Leben sind?
Und – wurde er gefragt:
„Wo ist das ICH?"
Schweigen.
„There is no I."
„Und" – wurde er gefragt:
„Wer sagt das?"
Schweigen.
Dann: „Here you got me. – But – there is a trick!"

Diese Episode zeigt, wie nah am restlosen Verständnislosen sich
das Ganze bewegt. Das ist der Beweis:
In der Mitte wird nichts mehr als ein „Trick" – erwartet.
Die Mitte der Gestalt dieses Gebildes, das vollständig aus künst-
licher Intelligenz aufgebau(sch)t ist, ist hohl und leer …

Noch kein einziges Wort habe ich über die Liebe gesagt.
Aber sie ist alles.
Wer versteht denn davon etwas?
Wir sind alles hilflose Anfänger – bis auf einzelne Ausnahmen.
Doch versuchen sollten wir's noch.
Es scheint, daß wir nicht mehr viel Zeit haben, um es zu lernen.
Aber, wer weiß, kommen sie uns entgegen – die Zeit
und die Liebe.
Wer weiß, kommen sie uns entgegen?

Ich bin kein Missionar. Nur eine Stimme. Vielleicht die letzte Stimme?

Du mußt mir nicht glauben. Doch es wäre besser, wenn du meine Worte ernst nimmst. Er klingt rechthaberisch, mein Ton. Doch das ist nicht meine Absicht.

Die Freiheit ist unser schwerstes Los,
unser schwerstes Los …

Hat man da noch Worte?

„Im Anfang war das Wort …"
Johannesevangelium 1,1

Es mündet in das echte Leben.
Wer weiß, was ich damit meine, findet zurück, durch das Nadelöhr.
Du hast gut gehört: Es handelt sich um das echte Leben.
Doch wie leicht geschieht Mißbrauch mit dem Wort „Leben".

Ihr, die ihr ewig leben wollt, könnt ihr mir die Zeit erklären?

Wir, die Diesseitigen, Bio-Konservativen, die Behinderten sind
gefragt.
Warum haben wir die Erde, diesen Planeten so verkommen lassen?
Er sollte zum Leuchten kommen im Kosmos –
als ein edler Stern – und das wird vielleicht auch einmal sein …
Doch jetzt stinkt und schreit es zum Himmel.
Eigentlich verstehe ich alle, die sich hier aus dem Staub machen
wollen.
Ist es schon restlos zu spät?

Einsicht –
Weitsicht –
Umsicht –
Rücksicht –
Vorsicht –
VORSICHT – HOCHSPANNUNG – LEBENSGEFAHR!

Spannender geht's nicht mehr.
Komm mal runter und
horche den leisen Pulsschlag
der Erde
und spüre ihren Atem …

Buchstäblich wertlos.

Wenn es keine menschlichen Werte mehr gibt, dann habt ihr gewählt – dann war's das.

Die Evolution ging euch zu langsam.

Ihr merkt nicht, mit welch rasendem Tempo ihr euch umbringt
– um's Leben bringt.

Das hat mit Moral wirklich nichts mehr zu tun.

Das seh' ich ein.

Glaub mir, ich weiß es besser – oder sagen wir
– ich weiß es noch anders, als dein Allwissen zu sein scheint.
Deine Intelligenz ist keinen Batzen wert,
keinen Batzen ist sie wert –
von wegen Trillionen von Dollar, die dafür aufgewendet werden.
Das Leben rechnet sich nicht auf diese Weise.
Es ist weg. Weggeblasen wie Blätter – wie Scheine – im Wind,
alles wird Schein, hohler, wertloser Schein.
Die Märchen und Mythen habt ihr umgedichtet – ganz schlau.
Weise ist das nicht, und die alte Weise kennt ihr nicht.
Auf welche Weise wollt ihr
weitermachen?
Ich mahne nicht,
ich schimpfe nicht –
ich rufe nur
in die lautlose Wüste.
Wo niemand mehr ist.
Bevor du das Messer dir an die Brust setzt,
hörst vielleicht noch meinen verzweifelten Ruf:
Die Kostbarkeit deines Wesens
wiegen Trillionen nicht auf.
Es ist hinausgeschmissenes Geld –
es verflattert in der Wüste …

Aus meiner Schatztruhe hole ich alles –
und du hinterfrägst all das nicht mehr.
Es ist nicht mehr vorhanden.
Aus meiner Schatztruhe hole ich
Worte der Sehnsucht.

Du siehst, kennst, hörst, weißt
nichts mehr.
Imitation ist es, was bleibt
und ein Eigenleben bekommt,
eine hohle Eigendynamik.
Du wirst an der Oberfläche, an der Peripherie kleben,
das sage ich dir voraus! – Mit wem rede ich noch?

„Der Schein trügt." Diese „alten Kamellen".
Früher hat man die Alten geschätzt mit ihrer Weisheit und Le-
benserfahrung.
Mit deinen Worten – übersetze mir:
      Was ist Schein?
      Was ist Weisheit?
      Was ist Erfahrung?
      Was ist – Leben?
Finden wir uns irgendwo?

„Alles ist Windhauch."
Kohelet 1,2 – ein alttestamentliches Buch
Der alte Kohelet hatte auch schon beinahe aufgegeben. Sie ist gar
nicht so modern, diese Art Fluchttendenz. Fliehen – wohin? Wo
ist überhaupt etwas und nicht vielmehr nichts?
Kannst du stoppen vor dem Abgrund des Wahnsinns?

Laßt uns das Leben wieder leise lernen …

Und: Was denkst du eigentlich?

Ein Gedanke – ich bin sicher, ein wahrer Gedanke kommt auch aus dem Herzen, aus der Mitte. Kann ich mit dir noch reden darüber, was Wahrheit sein könnte. Laß es uns versuchen, bevor du den letzten Schritt tust.

Die Sprache verrät dich, mein Freund. Wenn wir alle nur noch nett miteinander sind, dann hat die eingespeicherte Dankbarkeit keinen Sinn, keinen Wert …

was tue ich, wenn du die Worte nicht mehr verstehst?

Worte kommen aus der Mitte – wir Alten nennen das Herz …

Doch wenn es keines mehr gibt, wenn es kein Herz mehr gibt, was dann?

„Freude, schöner Götterfunken,
Tochter aus Elysium,
Wir betreten feuertrunken,
Himmlische, dein Heiligtum.
Deine Zauber binden wieder,
Was die Mode streng geteilt,
Alle Menschen werden Brüder,
Wo dein sanfter Flügel weilt."
Friedrich Schiller

Wenn du mir sagst:
„Was sollen wir mit dem sentimentalen Gesäusel?",
dann hast du etwas verkannt – und nicht du bist Wissender, denn
wenn du die Freude nicht mehr kennst, weißt du nichts mehr.

I am a rock, I am an island –
and a rock feels no pain
and an island never cries …

Es kann schon sein in dieser Welt und Zeit, daß du an Liebeskummer leidest, aus Liebeskummer an der Welt … und keinen Schmerz mehr fühlen willst und kannst. Doch ich sage dir mit der letzten Stimme: Wenn du keinen Schmerz mehr fühlst, hast du nicht unendliches Leben gewonnen – ich sage dir, du hast das Leben dann endgültig verloren.

Und ich bin unendlich, unendlich traurig, wenn du das nicht mehr verstehst.

Mein Kind, dann schreie ich um dich mit unsagbarem Schmerz!

Wißt ihr denn nicht mehr, was Leben ist?
Den Baum des Lebens, so wird behauptet, wollte der eifersüchtige Gott
für sich behalten …
Genesis, erstes Buch der Bibel Gen 2.17/3.3

Wie können die Leute mit der höchsten Intelligenz nur so dumm sein!
Was sie tun, geht
haarscharf am Leben vorbei!

„Zwischen Himmel und Hölle ist nur ein Haar." …
jüdisches Sprichwort

„Im blauen Norden der Windrose wachend zur Nacht,
schon eine Knospe Tod auf den Lidern
weiter zur Quelle …"
Nelly Sachs

Und wenn die Quelle nicht mehr gewußt wird?
Im Land des Vergessens ist ewiger Tod.
Ich rufe nicht mehr:
Seid gut, nicht böse!
Nur noch mit der Stimme, die bleibt:
Bleibt doch am Leben!

Unsere schöne Welt, die Erde und alles, was darauf west und lebt …
winkt traurig hinüber jenen, die bereit sind, ihr Leben zu geben
für das Nicht-Sein, für das sie sich entschieden haben …
Solange es nicht zu spät ist, ihr Mütter, bergt eure großen Kinder vor dem Abgrund. – Ach, die Freiheit ist das schwerste Los.
Wenn ihr Mütter selbst die Tränen verloren habt, was soll aus
uns werden?

„liquid trust" – ein paar Tröpfchen nur … das Parfum, das den Chef betören möge, daß er die Gehaltserhöhung gebe … das künstliche Gewässer ist zum reißenden Fluß geworden, der trennt das Diesseits des Lebens vom Jenseits des kalten Todes, wo kein VERTRAUEN
mehr hilft …

„Wer Ohren hat, der höre …"
Apokalypse des Johannes 2.11

Was, wenn die künstlichen Organe, ja, das künstliche Scheinbewußtsein das Fassungsvermögen des Herzens nicht mehr hat? Dies liegt ja in der Un-Natur der Sache! Herz, Seele, Geist gibt es nicht mehr im neuen Lexikon. Man hat aufgehört zu fragen nach dem Sinn. – Die Sinne sind abgestürzt in einen unendlichen Abgrund – das ist kein Trick mehr –; das ist mehr! Hört doch auf!

Was soll das?: Die Schlange hat doch die Wahrheit gesagt! –
Und wem?

Hat sie denn die ganze Wahrheit gesagt? Wißt ihr noch, was das
Wort Ganzheit bedeutet, da ihr uns als ‚behinderte Biokonservative' bezeichnet, weil wir keine unverwundbaren Prothesen
tragen? Wie schmeckt euer Gott-geworden-Sein?

Geschmacklos geworden ist die verheißene Zukunft.

Gilt auch hier: „Ach, Vater, vergib ihnen, denn sie wissen nicht,
was sie tun", da sie versuchten, den Baum der Erkenntnis für
sich zu erobern?

Eintauchend in die Welt der kindlichen Erinnerung, schaue ich
den Apfelbaum im goldenen Septemberlicht unter seidenblauem Himmel und reinste Freude durchdringt mein Herz – … ich
verkoste sie stark, daß sie Kraft werde, geboren aus dem Aufprall an der unsichtbaren Mauer der unheimlichen Macht, die
sich lautlos verbreitet …

Manche jungen Menschen lassen aufhorchen; die Engel und Wesen, die sie schauen, sehe ich noch nicht. Wer sagt darum, daß
die Hoffnung zu Ende sei?

An wen geht der Appell, dieser Morgenruf aus den letzten Sternennächten, deren Gesang wieder hörbar werden möge, nachdem so viel künstliches Blaulicht die Augen schmähte?

Würde, Ethik – keine Worte mehr, die verstanden werden. Die menschlichen Begriffe sind jenseits der Grenze des Fassungsvermögens geraten. Die Worte der Vernunft, aus dem Herzen gerufen, verhallen im Nichts. Der Schrei ist endlos. –
Wer bleibt noch horchend in dieses Entsetzen?

„Ecce Homo – siehe, das ist der Mensch!"
Johannesevangelium 19,5b

Der geschundene, dornengekrönte Leib im Purpurmantel der
bewahrten Königswürde, da die Menschenwürde scheinbar her-
ausgepeitscht ward, steht schweigend vor dir. –
Was ist Würde?

Was bleibt außer den Tränen über das menschliche Schicksal? Nicht gemeint ist das Schicksal *eines* konkreten Menschen – obwohl es uns nur, ja nur als einzelne angeht … – wie denn sonst? – gemeint ist das Schicksal des Menschen überhaupt.

Nachwort

„Der lautlose Schrei" ist eine „Wüstenstimme" in einer sich ausbreitenden, schier endlosen Wüste. Eine ewige, tote Wüste breitet sich aus diesem Nichts, das der Mensch kreierte – oder wer ist dafür verantwortlich? – Das könnte eine Frage sein.

Inmitten des turbulenten Chaos, inmitten der sich verdichtenden, vernichtenden Sphäre – so viele Leute, so viele Gegenstände, Straßen, Lichter, Bauten, Eisenbahnen, Flugzeuge, Drohnen, Roboter, Autos, Plastiktüten – Plastikmüll schwimmend im Ozean in einer Fläche so groß wie die Bundesrepublik Deutschland … Was sich alles da häuft – in unserer Zeit der materialistischen Superlative. Es frißt die Lebendigkeit allen Seins. Die Kulmination von Materie, toter Materie … Der menschliche Geist hat sich buchstäblich „ausgelebt"… Sind wir da am Ende oder am Anfang oder beides oder nichts von alledem, sondern von etwas, das noch keine Worte hat? Eben noch keine …

Inmitten dieses sich anhäufenden Unsinns webt sich hindurch der Raum der Wüste, das Niemandsland, die Un-Orte.

Man ist da, irgendwie, und ist nicht da.

Schatten, welche die Sonne wirft, sind noch wirklich, noch wie wesenhaft. Aber dieses volle Getümmel unsichtbaren Nichts läßt keinen Platz für Schatten, und wenn, dann sind sie tot. Aus dem Vakuum geboren.

Ist das alles? Gibt es nirgends einen Goldschimmer, einen Lichtstrahl, einen Funken, den letzten des erlebten Herzschlags?

Was, wenn – aus dem Außen ein Innen wird? Kann man all das Abgründige, Wüste, sich auftürmende Chaos, alles Verdichtende, Vernichtende von innen schauen? – Von außen betrachtet, empfinde ich es gräßlich, doch von innen?

Da rührt sich etwas in mir – und dies könnte die Schnittstelle sein zu dir, dem dieses Buch gewidmet ist. Zu dir, der sich all dessentwegen aus dieser Welt verabschieden will – und so betrachtet, verstehe ich das.

Könnte jedoch ein nach innen Fühlen eine Brücke sein? – Es rührt sich ein unendliches Erbarmen, ein bitteres Weinen, ob dieser Leere – ein Schrei, ein unhörbarer. Von innen betrachtet, ist die Wüste nicht nur ein Begriff, sie ist wirklich endlos, leblos, heiß, weit … Kannst du das empfinden? Nimm dir Zeit, nimm dir Zeit, viel Zeit … wir haben Zeit dafür. Ist es vorstellbar, im Sand steckenzubleiben, in der sengenden Sonne, steckenzubleiben … da ist es nachvollziehbar, was Angst heißen kann. Verzweiflung, Entsetzen … Um dieser Wüste zu entkommen, dieser abgründigen Leere, füllt sich – bis zum Unüberschaubaren – der Raum mit Dingen, die ablenken – hohle, leere Dinge in Überfülle.

So frage ich dich mit der entscheidenden Frage: Hilft es wirklich, diese Leere zu ersetzen mit einer anderen, künstlichen? – Es ist so, glaube mir, es ist eine Leere. Niemand wird dann mehr sagen können, das bin ICH!

Es ist ehrlicherweise schon so, daß gesagt werden muß: Der Mensch im Untergang der Dinge kann auch beinahe nicht mehr von sich sprechen …

Es ist so, daß der Faden verlorengeht, der Ariadnefaden … – das Labyrinth hat keinen erkennbaren Pfad mehr. Es ist vollgestellt mit Kühlschränken, Verstärkerboxen, Abschleppwagen – Geräusch und Gerümpel überall. Keine Chance, noch hindurchzufinden. Die Dinge haben überhandgenommen.

Und nun soll das Ganze, was Mensch ausmacht, selbst zum DING werden?

Kannst du folgen? – Die Dinge sind schon jetzt nicht mehr handhabbar – es ist ein bedingungsloser Untergang. Wo hinunter? – In den Sog, in den Strudel der unerlebten Zeit …

Ein Tsunami hat den letzten Versuch einer Harmonie hinweggespült, vernichtet.

Erdbeben kommen hinzu – stelle dir vor, versuch das zu empfinden, daß die Treppe vor den Augen abbricht und das Dach über dem Kopf zusammenstürzt und der Boden unter den Füßen nicht mehr hält …

Wird alles dinglich, dann geschieht genau das mit der Sphäre des Menschlichen …

Ein Vulkan bricht aus und überschwemmt mit Feuermassen die Straße, die gewohnte, den Baum, das Haus, alles …– verbrannte Erde.
Nichts als Asche bleibt – **doch Asche ist noch lebendig – die Künstlichkeit nicht mehr!**

Dürre breitet sich aus, kein Tropfen Wasser mehr – brennende Wälder, Hügel, Häuser – ein Sturm reißt alles hinweg, ein tosender Wassersturm vom Meer
auf's Land – Existenznot überall.
Elementar ist dieses Erleben. Da sind Kräfte am Werk. Nicht beherrschte Kräfte. Übermannt ist der Mensch. Hat seinen Mann nicht gestanden. Überrollt, überrannt – **Der Zauberlehrling hat keinen Meister mehr …**

Er muß ihn in sich finden, das ist die Antwort – die wichtigste.

Ein künstliches Gebilde kann genau dies endgültig nicht mehr. Vorbei die letzte Chance, auf die es nun – wie noch nie – ankommen würde.
Schein und Täuschung sind die Herausforderungen; es ist sonderbar, sonderbar – ja schwindelerregend zugleich. Ein Balanceakt, dieses Erdendasein – begreiflich, daß man davonrennen möchte, doch es gibt keinen Ausweg im Nichts, in der inneren Wüste …

Ein Feuer brennt im Innern, ein Licht, es wächst über sich hinaus – ist nicht gebunden an Raum und Zeit, es beleuchtet die Dinge von innen.
Das Geschehen ist elementar – das ist deutlich.
Inmitten des leuchtenden Schnees im Norden und in den Bergen scheint die Welt noch in Ordnung. Man sagt, sie sind noch da, die Elementarwesen. Es braucht Mut, sie zu suchen und vielleicht zu finden.
Doch mit dieser Welt sich zu verbinden, vielleicht ist es ein Schlüssel von außen nach innen, worauf es ankommt.
Sie ist weise, diese Welt. Möge sie nie vergehen.

Wann ist die Geduld der Engel erreicht? Es wäre ein tiefer Wunsch nach der Grenzüberschreitung aus dem Nichtigen heraus in ein unendlich Lebendiges hinein, hinüber, hinaus, hindurch –.
Jenseits von Raum und Zeit, ohne sich und den Boden zu verlieren. Das ist wichtig.
Die lichtvolle Ewigkeit ist in jedem Schneekristall, in jedem Stein, jeder Wurzel, jedem Fluß, jedem Baum, jeder Wolke, jedem Stern, jedem Morgenlichtzauber, der den Himmel weitet und das Herz wärmt und die Seele.

Hörst du deinen lautlosen Schrei?

Der Schmerz der Menschheit kann die Strahlen des vergessenen Lichtes finden …
nach Rudolf Steiner, GA 148, S. 156

Die Autorin

Sophia Gabriel Hildesheimer-Kießling, Jahrgang
1962, verheiratet, ist Anthroposophin und setzt
sich mit spirituellen Themen und Zeitfragen aus-
einander. Künstlerisches Tun und Schriftstellertum
gewinnen in den letzten Jahren an Bedeutung.
Sie verbrachte mehrere Jahre außer Deutschland
in Holland, Namibia und in der Schweiz. Sie war
in der katholischen Seelsorge tätig, wirkte mit in
einem interreligiösen Projekt, studierte sakralen
Tanz und Eurythmie, lebt und arbeitet seit Ende
2018 im Camphill Vidaraasen, Norwegen, einer
Einrichtung mit betreuten Menschen.

Der Verlag

Wer aufhört besser zu werden, hat aufgehört gut zu sein!

Basierend auf diesem Motto ist es dem novum Verlag ein Anliegen neue Manuskripte aufzuspüren, zu veröffentlichen und deren Autoren langfristig zu fördern. Mittlerweile gilt der 1997 gegründete und mehrfach prämierte Verlag als Spezialist für Neuautoren in Deutschland, Österreich und der Schweiz.

Für jedes neue Manuskript wird innerhalb weniger Wochen eine kostenfreie, unverbindliche Lektorats-Prüfung erstellt.

Weitere Informationen zum Verlag und seinen Büchern finden Sie im Internet unter:

w w w . n o v u m v e r l a g . c o m